HISTOIRE

DE

DOUZE BŒUFS

ET D'UNE VACHE,

OU

L'ÉGLISE DE LA MADELEINE LES 20 ET 21 OCTOBRE 1870.

ÉPISODE FRANC-COMTOIS.

1876.

CHEZ TOUS LES LIBRAIRES.

RÉQUISITION ET OCCUPATION

DE

L'ÉGLISE DE LA MADELEINE

EN OCTOBRE 1870.

PROLOGUE.

« Besançon, le 30 octobre 1876.

» Monsieur le Rédacteur,

» Je viens de lire dans l'*Union franc-comtoise* de ce jour une série de faits qui me touchent de trop près pour que je puisse garder le silence sur le douloureux épisode dont mon église a été le théâtre à l'époque de la guerre.

» Mais comme il s'agit, dans l'espèce, d'une polémique électorale, je crois que les convenances m'obligent d'attendre l'issue de la lutte pour vous adresser d'assez notables rectifications au sujet du récit de M. Fernier, et que le respect de la vérité me semble réclamer.

» Veuillez agréer, Monsieur le Rédacteur, l'expression de mes sentiments les plus distingués.

» L'abbé BOILLOT,
» Ch. hon., curé de la Madeleine. »

ÉLECTION D'UN SÉNATEUR.

Scrutin du 19 novembre 1876.

M. de Mérode,   395 voix.

M. Fernier,   302

Voix perdues, 2

DISCUSSION HISTORIQUE [1].

———

20 novembre 1876.

M. Fernier, maire de Besançon pendant la guerre, sait mieux que personne tout ce qui se rattache à la — présence réelle — des bœufs dans l'église de la Madeleine et à leur — présence affective — dans celle de Saint-François-Xavier.

Il semble qu'au lieu de revenir lui-même sur cette douloureuse circonstance, comme il l'a fait en juin 1871 et comme il vient de le faire en octobre 1876, l'ancien maire de Besançon eût été mieux avisé de garder le silence sur ce fait regrettable, qui fera toujours tache dans les annales de son administration.

Si cette ligne, indiquée par la plus vulgaire prudence, n'a pas été suivie, il faut en attribuer la cause aux luttes électorales qui se donnent facilement carrière, et peut-être aussi à ce *Banco* de Macbeth [2], qui assiége perpétuellement l'esprit de ceux qui ont de graves erreurs à se reprocher et qui n'ont pas le courage chrétien de prononcer sincèrement l'*Ergò erravimus*, toujours suivi de paix et d'oubli.

Je me serais bien gardé de revenir moi-même sur ce triste incident, sans le récit passablement *fantaisiste* qu'en a fait M. Fernier le 27 octobre dernier [3], et dans lequel ma responsabilité de curé de la Made-

———

(1) Ce travail a été fait durant la période électorale. — En présence du résultat du scrutin et malgré ses engagements antérieurs, l'auteur se refusait de le livrer à la publicité. Il a fallu les plus honorables interventions pour le déterminer à l'éditer sous forme de fascicule, dans l'unique but de bien établir la vérité sur un fait qui n'est pas sans importance et qui a défrayé plusieurs fois la presse locale.

(2) Spectre du remords.

(3) *Union franc-comtoise* du 30 octobre 1876.

leine se trouve notoirement engagée. J'ai dû faire immédiatement mes réserves ; mais, comme il répugnait à mon ministère d'intervenir publiquement dans une affaire électorale, j'ai attendu que le scrutin fût clos pour venir m'expliquer, en ce qui me concerne, sur ce point de notre chronique religieuse locale.

Sans aucun doute, M. le maire Fernier a tenu le pouvoir dans des circonstances fort difficiles. Comme il le dit très bien : « la responsabilité était lourde pour lui, et il en avait le sentiment. » J'ajouterai avec toute la population qu'il en a eu le succès, n'était la néfaste entreprise de transformer tout d'abord nos *églises* en *étables*.

Qu'y a-t-il en effet de plus convenable et de plus patriotique que la lettre du 14 octobre 1870, dans laquelle M. Fernier fait part à Mgr Mathieu de la douloureuse nécessité où l'on va se trouver « de recourir momentanément à une ou plusieurs églises de la ville, » pour y déposer des approvisionnements « en vivres et munitions ? » Et qu'y a-t-il de plus déférent que la demande de la « bienveillante intervention » de l'archevêque, qui accompagne cette communication (1) ?

---

(1) « Monseigneur, M. le général commandant la division fait un chaleureux appel au patriotisme de la population pour assurer le logement des troupes formant le corps d'armée aux ordres du général Cambriels et l'approvisionnement en vivres et munitions..... Il va devenir absolument indispensable de recourir momentanément à une ou plusieurs églises de la ville..... Je crois devoir, Monseigneur, appeler sur ces besoins et leur suite votre attention et votre intervention bienveillante auprès de MM. les curés et de MM. les supérieurs des établissements religieux. Je connais du reste leur patriotisme, et je ne m'adresse à Votre Eminence qu'en raison de la haute surveillance qu'elle exerce sur tout ce qui est affecté au culte et à l'enseignement par les prêtres.

» Veuillez agréer, Monseigneur, la haute expression de mon profond respect.

» *Le maire de Besançon*, L. FERNIER. »

Aussi le Cardinal s'empressa - t - il de convoquer MM. les curés pour prévoir avec eux les locaux qui, le cas échéant, pourraient être mis à la disposition immédiate de M. le maire, et quarante-huit heures après je recevais la lettre suivante :

« Besançon, le 18 octobre 1870.

» Monsieur et très cher curé,

» On va bientôt vous demander les locaux que vous m'avez indiqués pour les denrées. Veuillez les disposer.

» Très parfaitement,

» ✝ Césaire, *card. arch. de Besançon.* »

De son côté, M. le maire m'écrivait le jour suivant :

« Besançon, le 19 octobre 1870.

» Monsieur le curé,

» Dans le besoin urgent de locaux où nous nous trouvons, nous avons dû avoir recours à l'autorité diocésaine, pour solliciter de sa bienveillance l'autorisation d'employer une partie des bâtiments affectés au culte. Monseigneur de Besançon a désigné notamment la salle de catéchisme de votre église. M. Déprez, que j'ai eu l'honneur de voir ce matin, me dit qu'il y a lieu d'y mettre immédiatement des haricots qui arrivent pour le compte de la ville. Je m'empresse de vous informer de ce besoin, en vous priant d'y satisfaire en mettant à notre disposition la salle en question.

» Veuillez agréer, etc.

» *Le maire de Besançon,* L. Fernier. »

Je n'avais pas encore reçu cette lettre que déjà, de concert avec M. Déprez, quatre cents sacs de denrées se trouvaient emmagasinés dans nos chapelles, avec l'offre d'en recevoir indéfiniment, « selon l'urgence des circonstances et la convenance des appropriations (1). »

Jusque-là , tout est correct dans les correspondances, dans les faits, et j'ajouterai dans les senti-

____

(1) *Union franc-comtoise du* 24 *octobre* 1870.

ments ; mais, à dater de ce mercredi 19 octobre, tout dérive, tout s'embrouille, tout va mal.

Pour essayer de dégager ou d'amoindrir sa responsabilité dans le fait exorbitant de mon église-écurie, depuis les quatre heures de l'après-midi du jeudi 20 octobre jusqu'au soir du lendemain, M. Fernier adresse à l'*Union franc-comtoise* un récit des plus défectueux, et dans lequel la confusion des dates joue un certain rôle.

C'est ainsi que M. le maire, pour créer une base solide à son système d'excuse, place au mercredi 19 octobre l'affolement des populations suburbaines amenant en ville « leurs meubles, denrées et bestiaux. » Avec un tel point de départ, on conçoit facilement le prompt envahissement « des écuries et habitations particulières, » mais on conçoit moins bien l'installation « du bétail dans l'église de la Madeleine, *provisoirement* transformée en écurie. » — Il convient d'ajouter que cette dernière mesure a été prise du consentement de Mgr le cardinal, qui — en présence de M. le maire et séance tenante — en écrivit au curé de la Madeleine [1].

Mais si l'affolement en question n'a eu lieu que le samedi 22 ; si le cardinal ne m'a écrit, « séance tenante, » que le jeudi 20 ; si seulement douze bœufs et une vache ont été installés dans mon église le soir du même jour, que devient alors le plaidoyer de M. Fernier ? Il croule évidemment par sa base imaginaire du 19, et il ne peut en rester vestige : le seul rapprochement des dates fait ma preuve.

Au surplus, voici la pièce capitale qui fait tout le nœud de l'affaire. C'est la lettre que Mgr l'archevêque

---

(1) Voir *passim* le récit de M. Fernier du 27 octobre dernier, et sa lettre du 29 juin 1871, dans l'*Union franc-comtoise* du 30 juin 1871 et du 30 octobre 1876.

m'a écrite « séance tenante, » c'est-à-dire sous les yeux de M. le maire, qui l'a reçue des mains du Cardinal, et qui me l'a envoyée par l'entremise de M. Delacroix, architecte de la ville, le jeudi 20, à l'issue de la grand'messe du *triduum* (1).

« Besançon, 20 octobre 1870.

» Monsieur le maire, REQUIS PAR L'INTENDANCE, requiert votre église pour placer le bétail d'alimentation de siége : ce ne sera que MOMENTANÉ. Veuillez prendre avec lui les meilleures dispositions possibles.

» † CÉSAIRE, *card. arch. de Besançon.* »

Je l'ai dit : je quittais l'autel du TRIDUUM, et, ne sachant pas ce qui pouvait être survenu d'absolument désastreux dans les événements de la guerre, je me résignais, la mort dans l'âme, à subir la cruelle nécessité que mon éminent supérieur subissait le premier.

Entre temps, toutes les « dispositions » avaient été prises sans moi et hors de moi ; l'escouade ouvrière était entrée dans mon église en même temps que ma lettre ; les matériaux affluaient de toutes parts, et, à ma sortie de l'office divin, je trouvais déjà les déblais couvrant l'escalier extérieur pour établir la chaussée du bétail. La lettre cardinalice me parlait de « l'intendance, » et je ne voyais point de militaires ; elle indiquait une occupation « momentanée, » et les crèches s'ajustaient et se fixaient comme dans une écurie princière ; il était question de tout un « bétail d'alimentation de siége, » et, pendant une durée de vingt-quatre heures, je ne constatais que la présence de douze bœufs, de provenance israélite, dit-on, sans parler d'une pauvre vache effarée qui, si elle avait eu

---

(1) Ce *triduum* était trois jours de prières publiques prescrites par Son Eminence le cardinal pour les 20, 21 et 22 octobre. Il y avait messe solennelle à neuf heures et vêpres à quatre heures, avec exposition du saint Sacrement entre les deux offices.

la parole comme une certaine virago, aurait pu, dans son transport, s'écrier avec elle : « S... N... D... D..., je ne suis pas *religionnaire*, mais l'église n'est pas faite pour y mettre des bêtes (1). »

Donc, en voyant ce qui se passait depuis vingt-quatre longues heures, et n'y comprenant vraiment rien, je me rendis, avant midi du vendredi 21, chez le cardinal, qui, de son côté, me faisait appeler : je me suis croisé avec sa dépêche.

Tout en m'apercevant, Monseigneur s'écrie : « Mon cher, ma religion a été surprise ; le militaire n'est pour rien dans la réquisition ; voyez M. le maire , voyez M. le général, et reprenez votre église, aidé de vos bons paroissiens. »

En entendant ce nouveau langage, je me suis senti singulièrement soulagé, et, sans désemparer, je vais chez M. Fernier, que je ne trouve pas d'abord, et ensuite à l'hôtel de la Division, où je me vois tout à coup en présence de M. le général, de son chef d'état-major, de son intendant et des militaires de service.

Je ne comprends pas pourquoi ni dans quel intérêt M. Fernier me fait ici l'honneur de me donner M. Michel pour compagnon de route, car il sait bien ou il peut savoir qu'il n'en est rien ; pour moi, j'affirme que je n'ai vu M. Michel dans aucune de ces douloureuses circonstances.

A la Division, M. de Bigot, chef d'état-major, me dit qu'il a appris avec regret ce qui se passe dans mon église, que son administration est complétement étrangère à ce fait, et qu'elle n'en viendrait jamais à cet excès, quoi qu'il arrive (2). Puis il me donne lecture de la lettre du général Cambriels sur les approvision-

---

(1) Historique.
(2) Les blocus de 1814-15 n'avaient pas mis de bétail dans les églises.

nements de siége, me faisant remarquer qu'il y a bien loin entre « des denrées ou du bétail » à mettre dans les églises. M. le général de Prémonville confirme les dires de son lieutenant et disparaît après quelques ordres donnés.

C'est alors que M. l'intendant, un protestant, se posant carrément devant moi, me dit bien haut : « C'est donc vous qui êtes M. le curé de la Madeleine ? Vous êtes un s.... lâche de vous être laissé prendre votre église. » On comprend que j'ai dû faire face à un tel interlocuteur, en lui servant de suite les preuves de ma bravoure comtoise, et en provoquant comme témoins MM. les officiers présents, qui tous éclatèrent de rire..... et les deux champions avec eux. — Au sortir de cette scène tragi-comique, mon fougueux agresseur me dit de la façon la plus douce et la plus courtoise : « Ha çà, vous ne m'en voulez pas, toujours ! — Bien loin de là, répliquai-je ; je vous demande seulement l'autorisation de me servir de l'incident, » faveur qui me fut accordée pour être, quatre heures après, véhémentement *préchée* dans mon église-étable, et en présence d'un immense auditoire, qui s'était accommodé de son mieux avec les crèches, le bétail, le fumier, le foin, et tout l'attirail d'une écurie.

Cette digression faite et excusée à raison de sa saveur spéciale, j'en reviens à mon hôtel de la Division, d'où je sors, on le conçoit, plus *guerrier* qu'en y entrant, pour me rendre de nouveau chez M. Fernier, que j'ai la chance de rencontrer.

Après les compliments d'usage, j'expose à M. le maire que, — renseignements pris à l'Archevêché et à la Division, — je tiens l'occupation de mon église pour arbitraire et le prie de vouloir bien la faire cesser au plus tôt : j'ajoute que la population s'émeut, ne comprenant pas, avec raison, qu'on puisse songer à mettre du bétail dans les églises, vu surtout qu'il est possible et facile de le loger ailleurs.

J'ai lieu de croire que M. Fernier ne fut pas très sensible à ma requête ni à mes motifs, puisque, au cours de la conversation, il me parla de s'emparer même de la cathédrale, — qu'il en avait le droit, — et que ce qu'il avait fait pour la Madeleine était bien fait.

Voyant clairement qu'il était inutile d'insister, je dis à M. le maire : « Je ne veux pas vous prendre en traître, mais je vous déclare qu'aujourd'hui, — à quatre heures, — je rentrerai en possession de mon église et j'y célébrerai le culte. » — Il était midi.

« Je vous en empêcherai, répliqua M. Fernier, et je la ferai occuper militairement.

— N'importe, dis-je, j'y serai, et nous verrons.

— J'y serai aussi, reprend M. Fernier, et nous verrons. »

C'est en ces termes vifs et regrettables de part et d'autre que nous nous sommes séparés, et il m'en coûte de les livrer au public, qui tiendra compte, je l'espère, des circonstances mouvementées du moment.

Que s'est-il passé dans les régions officielles depuis cette entrevue de midi jusqu'à l'office paroissial des quatre heures ? car il ne faut pas oublier que nous sommes en plein *triduum* de prières pour conjurer le fléau de la guerre, — *triduum* solennellement commencé le jeudi, à neuf heures, interrompu de suite, dans la grande église, par la réquisition suivie d'effet, — mais *triduum* qu'il s'agissait de rétablir à tout prix pour l'office des quatre heures du vendredi 21, ainsi que j'en avais contracté l'engagement formel et sacré : que s'est-il passé ? Je l'ignore.

Tout ce que je sais, c'est qu'un poste de la garde nationale stationnait devant l'église, qu'un bureau s'adossait au bénitier, et que les travaux d'appropriation redoublaient d'activité. Le grincement des scies, le tapage des marteaux, l'écho des voûtes, occasionnaient un vacarme indescriptible et navrant. Ma belle église n'était vraiment plus le vestibule du ciel : c'était plutôt comme le vestibule de l'enfer.

De mon côté, je dépêchais MM. les vicaires sur tous les points de la paroisse pour prévenir les fidèles et les convoquer à l'office ; de plus, je m'assurais la liberté des petites entrées de l'église pour le cas où, — le moment venu, — la force armée me barrerait les grandes portes.

Je dois reconnaître que cette précaution était superflue, car à trois heures et demie je redevenais personnellement maître de mon église. Revêtu de mes insignes canoniques, je reprenais le commandement et je faisais ouvrir toutes les portes grandes et petites. A l'instant même, la foule se précipite dans un incroyable pêle - mêle, et l'église se trouve remplie.

Ce que voyant, M. le commandant du poste me demande une décharge écrite que je lui remets incontinent, puis il se retire ; mais les ouvriers continuent leur vacarme plus fort que jamais.

Bientôt après, les cloches sonnent à toute volée et nous nous mettons en mesure de commencer l'office. C'était l'*heure* et c'était aussi la *consigne*, car à l'instant même tout travail cesse et les ouvriers disparaissent.

Après avoir exposé le saint Sacrement selon l'ordre du *triduum*, je gagne la chaire non sans peine, en franchissant les crèches et en me garant des cordages. Je me rappelle avoir rassuré, en passant, un beau bœuf, qui ne pouvait, la pauvre bête, en croire à ses deux gros yeux.

Parvenu au-dessus de la rampe de ma tribune, je ne pouvais entrer dans la chaire, qui avait été *cousue* de mauvaises loques pour la préserver, et c'est un brave homme en blouse qui, son couteau à la main, m'a ouvert la brèche de passage.

Une fois en chaire, et quoique en parfaite possession de moi-même, je me suis senti comme transformé en tribun chrétien. Ne m'inspirant que de ma confiance en Dieu et en mon ministère sacré, j'ai parlé à cet étrange auditoire avec une véhémence que je ne me connaissais pas. J'ai d'abord établi la situation et constaté les faits. J'ai signalé ensuite la lettre du général Cambriels, la surprise du Cardinal, le désaveu de la Division et le juron de l'Intendant. J'ai démontré qu'il était impossible d'établir une connexion raisonnable entre la requête de Cambriels et la transformation de mon église en étable. J'ai proclamé qu'à l'heure présente, il y avait plus de cinq cents places libres dans les écuries du quartier; je n'ai eu garde d'oublier Bethléem, et j'ai terminé en disant, — vu la singulière composition de mon auditoire, — que, gens et bêtes, nous étions tous les créatures de Dieu, et que si les bêtes ne s'en allaient pas, nous chanterions les louanges de Dieu tous ensemble et chacun à notre façon, d'après cet oracle du prophète : *Benedicite, omnes bestiæ et pecora, Domino ; Benedicite, filii hominum, Domino.* (Dan., III.)

Pendant que je parlais dans ce *club* catholique, je me sentais soutenu par les applaudissements de la foule qui s'écriait : Oui, Oui ! — Non, Non ! selon le sens des idées que je livrais, et de temps en temps les bœufs se mettaient de la partie, dans un idiome que Dieu seul et ses anges comprennent.

L'allocution terminée, l'office divin s'accomplit dans d'admirables conditions : jamais la piété n'a été plus touchante, ni les sons de l'orgue plus majestueux, ni les chants liturgiques plus graves, ni le beuglement des bêtes plus harmonieux. Ceux qui ont été témoins de cette scène, — et ils étaient quatre mille, — ne l'oublieront jamais !

L'office n'était pas encore achevé que le bétail filait, et dans la soirée même l'écurie se démolissait, les matériaux s'enlevaient, et, dès les neuf heures du lendemain 22, « jour de la panique des suburbains, » mon église ne conservait plus de son envahissement qu'un parfum *sui generis* et des bas-reliefs à l'avenant : le tout avait encore du *montant* six mois après (1).

M. l'adjoint Chofardet, tout ahuri de ce qu'il venait de voir à la Madeleine, s'empressa d'adresser aux journaux le *communiqué* suivant :

« L'administration municipale, en présence des circonstances graves dans lesquelles se trouvait la ville jeudi 20 octobre, avait demandé et obtenu l'occupation provisoire de l'église de la Madeleine, afin d'y loger le bétail nécessaire à l'alimentation en cas d'investissement. L'autorisation ayant été retirée, l'église vient d'être évacuée. L'administration municipale doit donc décliner toute espèce de responsabilité au sujet de ce genre d'approvisionnement, jusqu'à l'achèvement des baraques dont elle poursuit la construction avec la plus grande activité (2). »

Malgré mon désir de terminer ici ma chronique, je ne saurais abandonner le terrain solide des faits sans relever, d'une manière plus spéciale encore, certaines inexactitudes du *récit* d'octobre dernier.

(1) M. le curé avait interdit le lavage.
(2) L'*Est* du 22 octobre 1870.

M. Fernier, voulant résumer le débat, expose vers la fin de sa lettre que l'occupation de mon église « *commença le* 19 *octobre, jour du combat de Cussey, et cessa le* 22 *octobre, lorsque la population suburbaine fut assurée que l'ennemi ayant repassé l'Ognon et se retirant sur Gray, elle pouvait quitter la ville et retourner avec son bétail. L'église de la Madeleine fut immédiatement évacuée et remise au culte.* » J'en demande bien pardon à l'auteur, et sans m'arrêter à la date du combat de Cussey, qu'on dit s'être livré le samedi 22 au lieu du mercredi 19 (1), j'affirme itérativement que l'envahissement de mon église « a commencé le 20, à dix heures du matin, pour cesser le 21, à six heures du soir, » et cela, selon les circonstances que j'ai minutieusement racontées.

Ce point de fait, qui a bien son importance pour laisser à chacun ses responsabilités, n'est pas plus exact que celui « des écuries particulières envahies dès le 19, » et dans lesquelles pourtant, qu'on le remarque bien, M. Fernier me fait loger le bétail des suburbains le 22 suivant, après l'évacuation de mon église, service que je n'ai rendu ni à gens ni à bêtes (2).

Que conclure maintenant de toute cette polémique historico-religieuse ? J'en conclus :

1º Que les événements de 1870-71 ont été si terribles et si inouïs, que les meilleures têtes se sont senties comme prises de vertige ;

2º Que seul peut-être, l'*homme ennemi* dont parle l'Evangile, *inimicus homo*, était au guet et ne se déroutait pas ;

3º Qu'il faisait circuler son mot d'ordre mystérieux

---

(1) Le combat s'est bien livré le 22.

(2) Voir, dans l'*Union franc-comtoise* du 30 juin 1871, la lettre de M. Fernier, écrite la veille, mais *oubliée* depuis.

partout, à Besançon comme ailleurs, et ailleurs comme
à Besançon (1) ;

4° Qu'il ne faudrait guère être de son temps pour ne
pas voir ici une de ces mille évolutions contempo-
raines du Dieu-Univers, du Dieu-Nature ou du Dieu-
Etat contre notre Dieu-Eucharistie, qui est pourtant
tout charité, *charitas est,* et qui reste *patiens, quia
æternus !*

ÉPILOGUE.

Je saisis cette occasion pour remercier encore les
braves gens, paroissiens ou autres, qui m'ont aidé et
soutenu de leur concours chrétien dans cette grave
circonstance de mon ministère pastoral. Je remercie
tout spécialement, — malgré son gros juron, — cette
bonne femme de la barque, qui a traduit si énergi-
quement et si publiquement le sentiment populaire.
Je bénis la mémoire de feu Claude Chambelland,
d'Avanne (2), qui a refusé de faire entrer ses bœufs à
l'église, le vendredi 21, en disant qu'il préférait de
beaucoup les voir *mangés* par les Prussiens.

Que si, au cours de la discussion, il m'était arrivé
de blesser quelque prochain, je déclare que ce n'est
point par volonté directe, mais uniquement par la
force des choses et en me réservant le bénéfice de
l'adage : *Amicus Plato, magis amica Veritas !*

L'Abbé BOILLOT,

Chanoine honoraire, Curé de la Madeleine.

(1) Il m'a fait traiter de *fanatique* par un brochurier, et chacun sait
que je ne le suis guère.
(2) Village près Besançon.